Dirección editorial: Elsa Aguiar
Coordinación editorial: Gabriel Brandariz

© Puño, 2009
© Ediciones SM, 2009

Impresores, 2
Urbanización Prado del Espino
28660 Boadilla del Monte (Madrid)
www.grupo-sm.com

Centro de Atención al Cliente
Tel.: 902 121 323
Fax: 902 241 222
e-mail: clientes@grupo-sm.com

ISBN: 978-84-675-3802-1
Depósito legal: M-38.624-2009
Impreso en España /Printed in Spain
Imprenta: Impresión Digital Da Vinci

¡ÑAM!

escrito e ilustrado por
✳PUÑO

Había algo extraño en el horizonte cuando comenzó el día.

—Es otro sol —decían algunos.

—Es una ilusión óptica —dijeron otros,

sin saber muy bien qué era en concreto una ilusión óptica

refugiándose en sus casas y cerrando a cal y canto puertas y ventanas.

-¡Vengo a destruir esta ciudad
y a comerme a todos sus habitantes!

Entonces apareció el alcalde:

—Señor Monstruo, como dirigente de esta ciudad
me veo obligado a impedir su destrucción,
y no le permitiré que se coma a sus habitantes —dijo con aire solemne.

El monstruo se paró a pensar un momento...

Un poco más tarde apareció el Comisario de Policía:
—Monstruo, ¡tienes diez minutos para devolvernos al Alcalde y abandonar esta ciudad! —gritó el Comisario.

monstruo se paró a reflexionar un momento.

La gente enfurecida salió de sus casas:
—Monstruo, esto ha llegado demasiado lejos.
Será mejor que te vayas por donde has venido —dijeron frunciendo el ceño.

El monstruo se paró a meditar un momento...

Satisfecho y con la tripa llena, el monstruo se dispuso a destruir la ciudad.